神奇小子

惊天大秘密

[新西兰] 约翰·洛克尔（John Lockyer）著　　鲍勃·达罗克（Bob Darroch）绘　　李若天（Joey Ruotian Li）译

清华大学出版社
北京

图书在版编目（CIP）数据

神奇小子 /（新西兰）约翰·洛克尔（John Lockyer）著；（新西兰）鲍勃·达罗克（Bob Darroch）绘；
（新西兰）李若天（Joey Ruotian Li）译. —北京：清华大学出版社，2024.3

书名原文：Kiwi kicks for goal

ISBN 978-7-302-65690-6

Ⅰ.①神… Ⅱ.①约… ②鲍… ③李… Ⅲ.①儿童故事 – 图画故事 – 新西兰 – 现代 Ⅳ.①I612.85

中国国家版本馆CIP数据核字（2024）第042460号

责任编辑：宋丹青
装帧设计：寇英慧
责任校对：王凤芝
责任印制：杨　艳

出版发行：清华大学出版社
　　　网　　　址：https://www.tup.com.cn，　https://www.wqxuetang.com
　　　地　　　址：北京清华大学学研大厦A座　　　　　邮　　编：100084
　　　社 总 机：010-83470000　　　　　　　　　　　邮　　购：010-62786544
　　　投稿与读者服务：010-62776969，c-service@tup.tsinghua.edu.cn
　　　质量反馈：010-62772015，zhiliang@tup.tsinghua.edu.cn

印 装 者：小森印刷（北京）有限公司
经　　销：全国新华书店
开　　本：285 mm×210 mm　　　　　　　　　印　　张：12
版　　次：2024 年 5 月第 1 版　　　　　　　印　　次：2024 年 5 月第 1 次印刷
定　　价：168.00 元（全6册）

产品编号：102244-01

《神奇小子惊天大秘密》
有声伴读
扫码听音频

神奇小子热爱打橄榄球。他擅长接高球。他还能开长球。他总是喜欢对着高空开大脚，也喜欢轻传低平球。但是今天有点不一样。今天是比赛日，而神奇小子觉得今天是很糟糕的一天。

一切始于一大清早。神奇小子拿出皮皮队的装备，可是感觉少了什么东西。他翻了抽屉。他又看了柜子。

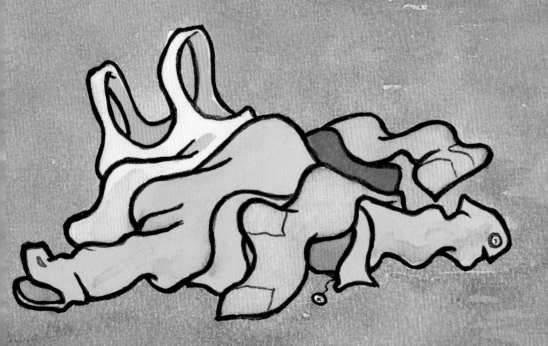

"你在找什么啊？"妈妈问神奇小子。神奇小子折起了翅膀，皱了皱眉头。"没事。"他说。

吃完早饭，他在床下找。

他查看沙发后面。

他在脏衣服堆里翻看。

"我很擅长找东西，"妈妈说，"告诉我你要找什么，我帮你一起找。"

神奇小子黑着一张脸。

"不行。"他说，"我不能告诉你。"

神奇小子来到了外面，站在院子里找了找晾衣绳。

厚厚的，灰色的乌云从天上翻卷而过。看起来是要下雨了。雨水会让橄榄球变得又湿又滑。

"今天真不适合打橄榄球。"他抱怨道。

后来，他觉得今天变得越来越糟了。

神奇小子的一根鞋带断了。他的牙套掉到了沙子里，脏的一塌糊涂。他还打翻了水杯，把水洒的到处都是。

神奇小子生气地跺了跺脚。

"你今天火气真大啊。"妈妈说。

神奇小子又跺了跺脚，说："我没有！"

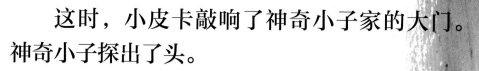

这时，小皮卡敲响了神奇小子家的大门。神奇小子探出了头。

小皮卡说："我正准备去球场，你要不要和我一起走？"

神奇小子摇了摇头，说："我还不能走呢。我还没准备好。"然后就直接关上了门。

"你这样可不太好。"妈妈说。

"即使不是很开心，也希望你能善待你的朋友。"

神奇小子沉着脸，继续翻箱倒柜。

神奇小子把沙发垫子全翻了出来。他把椅子从餐桌边拉开。他把书全都从书架上拿了下来。

"你把家里搞得一团糟！"妈妈说，"请把所有东西放回原位！"

"不！"神奇小子大声喊道。

妈妈让他回自己的房间冷静一下。

神奇小子心里太烦了，他拿起橄榄球朝墙踢了过去。

"嘭！"爸爸妈妈听到了巨响，他们飞速地跑进了神奇小子的房间。

"到底发生了什么啊？"爸爸问他。

神奇小子一屁股坐到了地上。他用翅膀遮住头，然后开始抽泣了起来。

"我丢了一样很特殊的东西。"

妈妈给了他一个拥抱。

"我们很想帮你。"妈妈对他说。"可是，你要是不告诉我们你丢了什么，我们也没有办法啊。"

神奇小子还是摇头。

"这是一个秘密。可是，每当我带了这样东西，我打橄榄球就会发挥得很好，皮皮队也肯定会赢。"

"哦，那我知道了！"爸爸说。

"是因为丢了你的幸运物，你才发火和难过。"

神奇小子大吃一惊。

"你怎么知道的？"

爸爸笑了笑："很多全黑队队员比赛的时候都会带着这种'给他们带来幸运的'特殊的东西。"

"对啊！"神奇小子兴奋地说，"每次我穿我的红袜子，皮皮队都可以赢得比赛！我的红袜子太能带来好运气了。"

之后神奇小子抱紧胳膊，捂住了嘴，抱怨道："完蛋了，我的秘密被说漏了。现在皮皮队肯定会输！"

"别担心，"爸爸说。"就算没穿你的幸运红袜子，你还是可以跑得一样快。你还是会侧步，踢球，还有达阵。你还是一名出色的橄榄球运动员。"

但神奇小子依然不是很确定。

妈妈催促道："你需要快点，否则比赛要迟到了。"

她帮神奇小子穿上了制服。

来到了球场，神奇小子非常紧张，肚子里又有慌张的小蝴蝶在不安地一直扑腾、颤抖。

猫头鹰教练喊道："我们热身吧。"

皮皮队沿着触球线慢跑。他们进行了半场冲刺。他们走到了达阵线，然后开始拉伸手臂，翅膀和大腿。

猫头鹰教练说："要开赛了！大家尽力吧，享受比赛。"

但是神奇小子不在最佳状态。他也不觉得开心。他只想着他的红袜子。

他丢球了。他没有铲到球，并且竟然在尝试侧步时绊倒了对手，踢出了罚点球。

半场休息时，神奇小子特别沮丧，
连橙子都不想吃了。他把自己的那一瓣
给了小皮卡。

猫头鹰教练轻轻地说："我们只落后三分。图伊，你在对阵争球时表现得特别优秀。赫伦，你的出界球也很棒。库拉，抢断太好了。斯齐克，侧步非常好……"

"皮皮队，表现不错。"

"我很糟糕！"神奇小子说。

猫头鹰教练看了看神奇小子写满沮丧的脸，单独找神奇小子谈了话。

"你知道为什么自己表现不好吗？"

神奇小子点了点头："我今天发挥不好，是因为我丢了我的幸运红袜子。"

"不，"猫头鹰教练说。"你今天没有发挥出最佳状态，是因为你满脑子都在想你的运气。穿不穿你的红袜子，你都是一名出色的橄榄球运动员。现在，努力忘掉这些，为了队伍发挥出你的最佳状态吧。"

说着，他微笑着，拍了拍神奇小子的后背。

神奇小子跑回了球场，他决定努力表现出自己的最佳状态，并且忘掉他的红袜子和运气。

从底线出界球的位置，他给霍克传出了一记长长的曲线球。

霍克夸道："传的漂亮，神奇小子！"

神奇小子笑了笑。

在对阵争球时，神奇小子踢出一记又高又带旋转的球，它飞越了整个球场滚到了边线。

科瑞说："踢得太棒了！"

神奇小子咧开了嘴。

从密集争球的人群里，神奇小子抱球对着防守球员直冲了过去。他右脚起跳，又左脚起跳，然后一个侧步钻进一个大缝隙。

猫头鹰教练大喊："漂亮的侧步，神奇小子！"

神奇小子咯咯笑了。"是的！"他想到："我能做到。"

就在比赛结束前，太阳出来了，神奇小子也再次接到了球。这时，跑向他的对方防守球员的身后没有人。他把球从对方防守队员的头顶踢了过去，然后跟着球跑。球从地上干净利索地反弹到他手里，达阵得分线前是一片开阔的区域。

他拼命冲刺。他知道他可以得分。可是他听到有人在喊："神奇小子，神奇小子！"

他往后一看。

小皮卡飞快地追了上来。

神奇小子看了看达阵得分线，又回头看了看小皮
卡，然后把球传给了他的好朋友、好兄弟小皮卡。

　　小皮卡扑向了球门，飞舞的羽毛飘了一地。他蹦了起来，在空中拍了拍翅膀，大喊："我爱橄榄球！"神奇小子也大声笑了起来。

随着神奇小子踢进了一个球，比赛也结束了。

皮皮队赢了。

他们和对手们握了手，然后聚到猫头鹰教练的周围。

"后半场实在是太精彩了，"教练说，"你们都竭尽全力了吗？"

"是！"队员们喊道。
"你们开心吗？"
"开心！"队员们喊道。
然后，猫头鹰教练向神奇小子眨了眨眼睛。神奇小子又笑了。

神奇小子

乱糟糟

[新西兰]约翰·洛克尔（John Lockyer）著　鲍勃·达罗克（Bob Darroch）绘　李若天（Joey Ruotian Li）译

清华大学出版社
北 京

图书在版编目（CIP）数据

神奇小子 / （新西兰）约翰·洛克尔（John Lockyer）著；（新西兰）鲍勃·达罗克（Bob Darroch）绘；（新西兰）李若天（Joey Ruotian Li）译.—北京：清华大学出版社，2024.3

书名原文：Kiwi kicks for goal

ISBN 978-7-302-65690-6

Ⅰ.①神… Ⅱ.①约… ②鲍… ③李… Ⅲ.①儿童故事 – 图画故事 – 新西兰 – 现代 Ⅳ.①I612.85

中国国家版本馆CIP数据核字（2024）第042460号

责任编辑：宋丹青
装帧设计：寇英慧
责任校对：王凤芝
责任印制：杨　艳

出版发行：清华大学出版社
　　　　　网　　　址：https://www.tup.com.cn，https://www.wqxuetang.com
　　　　　地　　　址：北京清华大学学研大厦 A 座　　　　邮　　编：100084
　　　　　社 总 机：010-83470000　　　　　　　　　　邮　　购：010-62786544
　　　　　投稿与读者服务：010-62776969，c-service@tup.tsinghua.edu.cn
　　　　　质量反馈：010-62772015，zhiliang@tup.tsinghua.edu.cn

印 装 者：小森印刷（北京）有限公司
经　　销：全国新华书店
开　　本：285 mm×210 mm　　　　　　　印　　张：12
版　　次：2024 年 5 月第 1 版　　　　　　印　　次：2024 年 5 月第 1 次印刷
定　　价：168.00 元（全6册）

产品编号：102244-01

《神奇小子乱糟糟》
有声伴读
扫码听音频

神奇小子觉得皮皮橄榄球队简直太酷了。每次穿上队服，他都要保证自己帅气十足。他总会把袜子拉的高高的。他的球衣系在裤子里，球靴也总是刷的一尘不染。可当神奇小子不打橄榄球时，他就会进入乱糟糟的状态。有的时候他真的太丢三落四了，竟然会找不到自己的东西。甚至与橄榄球相关的用品也会无影无踪。

这天，比赛前，神奇小子又在找自己的牙套。他必须要找到它。没有牙套，猫头鹰教练不让任何人打橄榄球。

　　神奇小子翻箱倒柜，找遍了整个房间。他在抽屉里看到一个脏兮兮的踢球座。在衣柜里，他摸到了本来以为丢了的幸运红袜子。他在床边看到了一块香蕉皮，还在地毯下翻出了一根不知道猴年马月的能量棒。可是就是找不到牙套。

"你知道我的牙套在哪里吗？"神奇小子问爸爸。

爸爸看了看四周，摇了摇头。

"真是一团糟，"爸爸说，"但你的牙套肯定在这里。你整理一下房间就能找到了。"

但是神奇小子不想打扫房间，他还有更重要的事要去做，比如在后院里踢球。

神奇小子手忙脚乱。他把衣服、玩具和书一股脑地塞进衣柜，然后他把香蕉皮和能量棒丢在了抽屉里。

"大功告成！干净了！"
他说。然后，他抱起橄榄球
和踢球座，一溜烟出了门。

神奇小子往皮皮队紧赶慢赶，把牙套的事情忘得一干二净。他一直到球场才想起牙套。他又翻了一遍装备包，虽然他自己也知道肯定不会有。接着，皮皮队开始了热身。

"神奇小子，快点！"科瑞喊道。"我们需要练习传球和接球！"

可是，神奇小子仍然呆立在边线上。

　　猫头鹰教练看到了他，向他吹响了哨子。"神奇小子！皮皮队其他队员都准备好了。比赛要开始了。你需要热身。"

　　神奇小子垂头丧气地摇了摇头。"我把我的牙套弄丢了，"他小声说道。

　　猫头鹰教练抖了抖肩膀。他看起来非常失望。"你是知道的，没有牙套就不能打橄榄球。"

　　神奇小子默默无语。他盯着地面，抽泣了起来。

猫头鹰教练笑了一下，然后轻轻地推了一下神奇小子。"跟我来，"他说，"快点，否则你要错过发球了！"

猫头鹰教练带着神奇小子匆忙来到了运动装备室。屋子里装满了橄榄球装备。有旗子、球锥、练习抢球用的沙袋，还有球、呼啦圈、踢球座，甚至还有备用哨子、球衣、运动裤和袜子。神奇小子的眼睛瞪大了。"一切都好整洁啊！"他说。

猫头鹰教练点了点头。"每样东西都有它自己的位置。这样，任何时候我都能找到需要的东西……就算时间很紧张。"

他打开了一个蓝色的箱子。"随便拿。"他说。

神奇小子咧开了嘴。他抓起一个全新的牙套，塞到了嘴巴里。"太完美了，"他说。"谢谢你。"

然后，神奇小子就冲进了队伍里。

这场比赛皮皮队的表现棒极了。他们奔跑如飞。他们快速传球，抢断凶狠。他们对阵争球时压得很低，出界球时跳得很高。虎虎和斯齐克屡屡成功达阵，神奇小子也射门得分。

皮皮队轻松获胜。

比赛结束后，猫头鹰教练一边鼓掌一边说："球队的配合完美无缺！技战术精彩！赢得漂亮！"

每个人都兴高采烈。

　　可是，神奇小子回到家后，他的妈妈并不开心。妈妈站在神奇小子的房间里。她手上拿着香蕉皮和能量棒。"我在你的抽屉里找到了这些。后来，我打开衣柜，所有东西竟然都冲了出来，滚了一地！这个房间简直就是垃圾堆！请你打扫干净！"

　　神奇小子皱了皱眉头，"小题大做。"他自言自语道。

神奇小子把香蕉皮和能量棒扔到了垃圾桶里。接着，在一堆乱七八糟的东西顶上，他看到了那个消失的牙套。他踩在很多本书上，伸手去够。

"咔嚓！"

一声可怕的巨响。

神奇小子的妈妈和爸爸冲进来。

"好可怕的声音，"他们说，"你没事吧？"

"我没事，"神奇小子回答，"可我的球队合影，被我踩坏了。"他盯着破碎的相框，叹了口气。

妈妈抱了抱神奇小子。"你这里确实太乱了，"她说，"但是我们会帮你的，我们教你怎么保持整洁。"

一家人来到了厨房。
妈妈打开了橱柜和抽屉："我用罐子、
瓶子、盒子和收纳箱来整理东西。"

一家人来到了外面的棚子。爸爸打开了门。"我用架子、柜子、挂钩和盒子来整理东西。"

神奇小子又想起了猫头鹰教练整齐的运动装备室。突然，他知道该怎么办了。

神奇小子飞奔回房间。他做了一个大大的牌子，挂在门上。然后，就开始忙碌起来。

　　他又推，又拉，又堆，又滑，又叠，把房间里的所有东西都收拾了起来。他干了很久，最后终于完工了。他打开了门。

爸爸妈妈都大吃一惊。他们揉了揉眼睛。现在的衣柜实在是让他们难以置信！神奇小子在一些盒子上涂了颜色，在一些盒子上贴了标签。他有一个橄榄球盒子，一个踢球座盒子，还有一个球锥盒子。在盒子上面的架子上，整整齐齐地摆放着他收集的所有"全黑队"的书、录像带和光碟。

在这些东西上面，摆着神奇小子的牙套、闪亮的战靴，还有干净的袜子和球裤。

他的两件皮皮队队服整齐地挂在钩子上。在顶部的架子上，展示着他获得的荣誉，有"当日最佳球员"证书，"最有价值球员"奖牌和"最佳得分手"奖杯。另外，在门后面，挂着全队的合影，还有"全黑队"的签名。

爸爸和妈妈对视一下，然后又看了看神奇小子。"你的衣柜非常完美。"他们说道，"可是……我们觉得你忘了啥……"然后，他们开怀大笑。

神奇小子的
橄榄球
用具

"哦！神奇小子！"

神奇小子

与　　　　　新队友

[新西兰] 约翰·洛克尔（John Lockyer）著　　鲍勃·达罗克（Bob Darroch）绘　　李若天（Joey Ruotian Li）译

清华大学出版社
北　京

北京市版权局著作权合同登记号：01-2023-2489

图书在版编目（CIP）数据

神奇小子 /（新西兰）约翰·洛克尔（John Lockyer）著；（新西兰）鲍勃·达罗克（Bob Darroch）绘；（新西兰）李若天（Joey Ruotian Li）译. —北京：清华大学出版社，2024.3
书名原文: Kiwi kicks for goal
ISBN 978-7-302-65690-6

Ⅰ.①神… Ⅱ.①约… ②鲍… ③李… Ⅲ.①儿童故事 – 图画故事 – 新西兰 – 现代 Ⅳ.①I612.85

中国国家版本馆CIP数据核字（2024）第042460号

责任编辑：宋丹青
装帧设计：寇英慧
责任校对：王凤芝
责任印制：杨　艳

出版发行：清华大学出版社
　　　　　网　　　址：https://www.tup.com.cn， https://www.wqxuetang.com
　　　　　地　　　址：北京清华大学学研大厦 A 座　　　　邮　　编：100084
　　　　　社 总 机：010-83470000　　　　　　　　　　邮　　购：010-62786544
　　　　　投稿与读者服务：010-62776969, c-service@tup.tsinghua.edu.cn
　　　　　质量反馈：010-62772015, zhiliang@tup.tsinghua.edu.cn
印 装 者：小森印刷（北京）有限公司
经　　销：全国新华书店
开　　本：285 mm×210 mm　　　　　　　　　印　　张：12
版　　次：2024 年 5 月第 1 版　　　　　　　印　　次：2024 年 5 月第 1 次印刷
定　　价：168.00 元（全6册）

产品编号：102244-01

《神奇小子与新队友》
有声伴读
扫码听音频

神奇小子一直在皮皮队与同一批队友打橄榄球。他觉得皮皮队是一支杰出的球队，队员各有所长。卡卡抢断最凶猛，库拉速度最快，科瑞侧步最漂亮，而神奇小子，是最优秀的射手。

所以，他不知道为什么猫头鹰教练还需要一个新队员。

　　猫头鹰教练带着新队员加入了训练。他站在边线，看着大家热身。

　　神奇小子对新队员充满了好奇。他看到新队员穿着铮亮的球靴，干净的褐色短裤和运动衫。但当他发现新队员是霍克时，他不觉顿时目瞪口呆。

　　神奇小子以前不认识任何鹰，但是在路上见过他们。他也听说过关于鹰的故事。鹰大多都没什么朋友。他们都很凶，也很暴躁。就连年纪最小的鹰脾气都不好。鹰都太吓人了。

　　神奇小子沮丧极了，他直接跑回了家。

"皮皮队有了一个新队员！"他喊道。

"那很好啊，"爸爸说。"一个新队员可以给你们队带来新技术。"

神奇小子皱了皱眉头，说："可是皮皮队已经很好了。我们不需要新技术。"

爸爸笑了笑，给了神奇小子一个温暖的拥抱。"不过，有时候在没有拥有它的时候，你并不知道你会需要它。"爸爸说道。

但神奇小子还是摇了摇头。

第二天下午，霍克早早地就来到操场上等待神奇小子和皮皮队。大家都到齐后，猫头鹰教练宣布："皮皮队，一起欢迎新队员。"

皮皮队员们轮流和霍克握手。

当轮到神奇小子的时候，他害怕到不敢看霍克，尽管霍克只是轻轻地抖了抖翅膀，小声说了句你好。

"他看起来好凶啊。"赫伦说。

猫头鹰教练告诉大家，霍克一家刚从乡下搬到城里来。

"霍克还没有交到新朋友呢，"猫头鹰教练说。"他也不认识皮皮队的队员。所以，神奇小子，我想让你做他的搭档。"

神奇小子咽了咽口水，点点头。他还是不敢直视霍克。霍克大大的黄眼睛还是让神奇小子起鸡皮疙瘩！

皮皮队开始热身练习。
神奇小子绕着球门跑。他在
球锥之间穿梭。他从沙包上
跳过去。他拉伸胳膊和腿。

霍克跟着神奇小子做了
所有同样的动作。但他没说
一句话。

热身结束，皮皮队分成了进攻和防守两组。当神奇小子准备跑到防守一方时，猫头鹰教练叫住他："神奇小子，别忘了霍克。他可是你的搭档。"

神奇小子皱了皱眉头。

在球场的最远处，所有的球员们都找到了另一个搭档，两两成对。

可是，霍克没有搭档。

"没关系，"霍克说，试图掩盖他的失落："我看看就好了。"

当神奇小子和队友做抢断训练时，霍克孤零零地站在一边。

突然，卡卡摔到了库拉身上。库拉的腿受伤了，他没法再打球了。

"现在我们缺一个人了。"科瑞闷闷不乐地说。

"我可以比赛！"霍克兴奋地喊。

神奇小子很庆幸霍克不是他的搭档。

就在这时，猫头鹰教练叫神奇小子和霍克一起去拿冰袋，帮助库拉敷他的伤腿。

"我可以去拿冰袋，"神奇小子说，"我不需要帮忙。"

猫头鹰教练小声对神奇小子说："霍克很害羞，让他和你一起去吧，这样可以让他感觉自己更像团体的一员。"

"霍克不可能害羞吧，"神奇小子说。"他看起来太吓人了，不可能害羞。"

猫头鹰教练抖了抖翅膀，说："霍克看起来很吓人，可是那不代表他真的可怕。不能以貌取人。要真的了解谁，就需要先和他沟通交流。"

神奇小子停了下来，想了想。

然后，他向霍克喊了一声。

"库拉的腿需要冰袋。他还要喝水。你能来帮我拿一下吗？"

霍克点了点头。

他们一起向更衣室跑去。

霍克问神奇小子最喜欢全黑队的哪一个球员。

"里奇·马克卡尔。"神奇小子说。

霍克笑了笑，说："我也最喜欢里奇。"

神奇小子发现霍克笑的时候，一点都不可怕。

当他们拿了冰袋和水回来以后，霍克给神奇小子演示了怎么从后面抢球。他追着神奇小子跑。他把头侧到了一边。他用翅膀裹住了神奇小子的腿。他们俩一起摔到了地上。

然后，霍克又教了神奇小子另一种抢球的方法。他追着神奇小子跑。他跳到了神奇小子背上。他的翅膀把神奇小子和球一起裹起来。他们又一起摔倒了，一起哈哈大笑。

猫头鹰教练吹响哨子，让大家休息一下。神奇小子确信霍克不再孤独了。他们大家一起坐在大树下。队员们也开始了解霍克了。这时，神奇小子也开始给大家分橘子吃。大家都很喜欢霍克。当神奇小子夸奖霍克的抢断能力优秀以后，大家更喜欢他了。

训练结束以后，神奇小子和霍克一起收拾起球场上的球锥和沙袋。

"你知道吗？"霍克说。"我本来以为你们会觉得我的水平不够高，不想让我跟皮皮队一起打。可是，跟你聊过以后，我就知道你很诚实，也很公平。我真幸运，你是我的新队友！"

　　神奇小子看着霍克。虽然霍克又大又黄的眼睛还是看起来很凶，显得脾气很差，可是神奇小子不害怕了。他知道霍克不是那样的人。

　　神奇小子感到全身都暖暖的，他说："我也很开心你选择来皮皮队打橄榄球。你肯定会让我们队更上一层楼！"

神奇小子到家时还在笑。

"皮皮队的新球员的抢断太牛了！"

"那很棒啊，"爸爸说。"每个队都需要一个抢断很出色的人。可是，这个新队友是谁啊？"

"霍克，"神奇小子说。"他看起来很凶，脾气不好，可是他完全不是那样的。他其实很害羞，也很会抢断技巧，也正是皮皮队所需要的队员。"

爸爸笑了。

"太好了。"他说："你想不想把他邀请到我们家来玩？"

红薯

从那以后，霍克常常去神奇小子家玩。

　　他们总是在院子里踢球，追来追去。他们一边大笑，一边在地上打滚，跳跃，摔跤，直到筋疲力尽。

　　霍克回家前，他们会一起吃饼干，喝冷饮。

　　现在，霍克，皮皮队的新队员，是神奇小子最好的搭档。

神奇小子

虚荣炫耀

[新西兰]约翰·洛克尔（John Lockyer）著　鲍勃·达罗克（Bob Darroch）绘　李若天（Joey Ruotian Li）译

清华大学出版社
北京

北京市版权局著作权合同登记号：01-2023-2489

图书在版编目（CIP）数据

神奇小子 / （新西兰）约翰·洛克尔（John Lockyer）著；（新西兰）鲍勃·达罗克（Bob Darroch）绘；（新西兰）李若天（Joey Ruotian Li）译. —北京：清华大学出版社，2024.3

书名原文：Kiwi kicks for goal

ISBN 978-7-302-65690-6

Ⅰ.①神… Ⅱ.①约… ②鲍… ③李… Ⅲ.①儿童故事 – 图画故事 – 新西兰 – 现代 Ⅳ.①I612.85

中国国家版本馆CIP数据核字（2024）第042460号

责任编辑：宋丹青
装帧设计：寇英慧
责任校对：王凤芝
责任印制：杨　艳

出版发行：清华大学出版社
网　　址：https://www.tup.com.cn，　https://www.wqxuetang.com
地　　址：北京清华大学学研大厦A座　　　　　邮　编：100084
社 总 机：010-83470000　　　　　　　　　　邮　购：010-62786544
投稿与读者服务：010-62776969，c-service@tup.tsinghua.edu.cn
质量反馈：010-62772015，zhiliang@tup.tsinghua.edu.cn

印 装 者：小森印刷（北京）有限公司
经　　销：全国新华书店
开　　本：285 mm×210 mm　　　　　　　　印　张：12
版　　次：2024 年 5 月第 1 版　　　　　　　印　次：2024 年 5 月第 1 次印刷
定　　价：168.00 元（全6册）

产品编号：102244-01

《神奇小子虚荣炫耀》
有声伴读
扫码听音频

神奇小子是个橄榄球迷。他爱打橄榄球，也爱看橄榄球。他爱读关于橄榄球的书，也爱和别人讨论橄榄球。

讲起橄榄球，神奇小子总是兴奋，有时甚至不经思考脱口而出。

在一场精彩、紧张、有趣的比赛后，队员们在球门边集合。他们赢了比赛。猫头鹰教练的赛后总结也结束了。大家都表现得非常出色。皮皮队全体球员都很兴奋。每个人都叽叽喳喳地说个不停……

卡卡兴奋地挥舞着胳膊。"多么精彩的比赛啊！"他说。"我防守住了对方那个大家伙，没让他得分！我就是像这样把球抢过来的！"

　　他向自己的球包扑了过去。他把包抱在怀里摔倒在地。然后，他又跳了起来，喊道："我是皮皮队里抢断最厉害的！"

普克克抖了抖尾巴，展示自己全身的肌肉。"对手确实都很壮，可是我更壮！在对阵争球时，我最厉害！我的头都是抬着的。我的背总是挺着的。我推的距离最长。"他做了个鬼脸，哼了一声："我是皮皮队最厉害的对阵争球手！"

赫伦蹦来蹦去："在打出界球时，他们的前锋都跳不起来！"他说，"每次都是我抓到的！"他先弯下身体，然后一下蹦起来，从高高的树上摘下几颗果子，朝着皮皮队队员们扔去。大家笑着连忙躲藏。"我是皮皮队跳高之王！"赫伦喊道。

科瑞踮着脚尖说："我下半场的达阵太帅了！"

他在树林中窜来窜去。"我左脚起跳。我再右脚起跳，然后侧步从大缝隙中突破，直扑球门！"

他摔到地上，喊道："我是皮皮队侧步第一！"

库拉抖了抖触角。"他们抓不到我！他们铲不到我！"他说，"我是飞毛腿！看看我的衣服，看看我的裤子！没有一个脏斑和泥点儿！"

他绕着球门一圈圈飞奔。他跑得飞快，大家都看不清他的脚了。"我是皮皮队跑得最快的！"他喊道。

神奇小子拍了拍胸膛。
他抢断不错，侧步也出色。
他也很擅长跳和跑。此外，他
射门更厉害。"我踢进了好多球！"
神奇小子大声喊道，"我从哪里都踢得
进！"他抓起球。"我是最佳射手，从中场
我都踢得进！"

突然，大家都安静了下来，很震惊地盯着神奇小子。神
奇小子的胸挺得更高了："看我的！"他说。

　　神奇小子跑到了半场线。他把球架在踢球座上。他往后退了几步，然后隔着遥远的场地看着球门。突然，他感觉肚子里叽里咕噜的，腿也有点软了。他皱起了眉头。他舔了舔羽毛尖，双臂伸向空中准备。接着，他摇了摇头，说："今天风太大了。明天我再射门吧。"

　　可是神奇小子知道，他不可能把球从半场踢进的。门儿都没有。

神奇小子回家后，茶不思，饭不想。他径直回到自己的房间。"你看起来很难过。"妈妈问道："怎么啦？"

神奇小子叹了口气说："我没法从半场踢进球。"

爸爸笑了笑，说："可是没有任何人期望你从那里进球啊。"

神奇小子又叹了口气，说："皮皮队的朋友们有这种期望。"

他把自己对众人炫耀的事情告诉了爸爸妈妈。

爸爸妈妈相视笑了笑，然后给了神奇小子一个大大的拥抱。"有时候，你的想象力真的好丰富啊！"妈妈说道。

第二天，神奇小子的好朋友们已经在球场等着他了。普克克站在半场线。他的手里拿着一个球和一个踢球座。

"快来啊，神奇小子！"他催促道，"射门。"

神奇小子脱下了鞋子和袜子。"不行。"他说，"我的脚趾受伤了。"

皮皮队的队员们看着神奇小子，没人说话。普克克把球踢走了，大家也追着球跑走了。

神奇小子感觉差极了。他也想和皮皮队队员们打橄榄球。他也想跑、跳、铲球、射门。可是他没有。他只是站在边线旁。猫头鹰教练看到了神奇小子，他拍了拍手说："神奇小子！你昨天踢进了几个非常精彩的球！"

　　神奇小子耸了耸肩："可是，我没法从半场踢进球。"

猫头鹰教练看起来非常惊讶。"只有最杰出的射手才能做到啊。就连我都没法从那里射门。"

"但你不需要从那里射门。"神奇小子伤心地说道。

猫头鹰教练理解地点了点头。"你也不需要。"他轻轻说，"但是……如果每天刻苦练习，有一天你一定可以做到的。在那之前，给大家展示你能做到什么就可以了。"

神奇小子仔细地思考了一会儿。接着，他又兴奋起来。他有了一个新的好主意。

神奇小子跑到球场上，对朋友们喊道："其实我的脚不疼！我没法从半场踢进球。我只是在炫耀，和你们一样！"

皮皮队的队员们笑起来："我们知道！"

"可是,"神奇小子又补充道,"我可以从这里踢进球。"

皮皮队的队员们都翻了个白眼，大家哄堂大笑。"那儿比半场还远！"普克克叫道，"就连丹·卡特那么厉害的全黑队队员都踢不进去！"

"看我的！"神奇小子说。

他抱起球，跑到了白线前，把球放在踢球座上。他往后退了几步，看着他的队友们，然后又看了看隔着球场的遥远的球门。他笑了笑。他的肚子里没有那些慌张的小蝴蝶在扑腾了，他的腿也不软了。

普克克喊起来："神奇小子，快点射门啊！"

接着，所有皮皮队队员都一起跺着脚起哄："加油神奇小子！射门啊神奇小子！加油射门啊神奇小子！"

神奇小子飞奔起来。可是他没踢球。他从球上面跳了过去。

　　然后，他停住并转了个身。接着，他后退几步，略微扭一下身体，又向球冲了过去。这次，他使劲踢了一下球，球飞得又高又直，对着球门飞了出去。

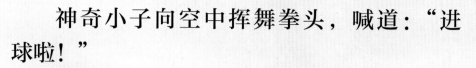

神奇小子向空中挥舞拳头，喊道："进球啦！"

他又朝着皮皮队的队友们咧开了嘴："我可没说要踢进哪一个球门，我不是踢进了吗？"

他挺了挺胸，一边跳着小舞步一边喊："我是皮皮队最棒的射手！"

"而且，"猫头鹰教练说道，"你也是皮皮队最会炫耀的！"
大家一起欢快地笑了起来。

神奇小子

进球秘籍

[新西兰] 约翰·洛克尔（John Lockyer）著　　鲍勃·达罗克（Bob Darroch）绘　　李若天（Joey Ruotian Li）译

清华大学出版社
北 京

北京市版权局著作权合同登记号：01-2023-2489

图书在版编目（CIP）数据

神奇小子 /（新西兰）约翰·洛克尔（John Lockyer）著；（新西兰）鲍勃·达罗克（Bob Darroch）绘；（新西兰）李若天（Joey Ruotian Li）译. —北京：清华大学出版社，2024.3
　书名原文：Kiwi kicks for goal
　ISBN 978-7-302-65690-6

Ⅰ.①神… Ⅱ.①约… ②鲍… ③李… Ⅲ.①儿童故事 – 图画故事 – 新西兰 – 现代 Ⅳ.①I612.85

中国国家版本馆CIP数据核字（2024）第042460号

责任编辑：宋丹青
装帧设计：寇英慧
责任校对：王凤芝
责任印制：杨　艳

出版发行：清华大学出版社
　　　网　　址：https://www.tup.com.cn，https://www.wqxuetang.com
　　　地　　址：北京清华大学学研大厦 A 座　　　邮　　编：100084
　　　社 总 机：010-83470000　　　　　　　　　邮　　购：010-62786544
　　　投稿与读者服务：010-62776969，c-service@tup.tsinghua.edu.cn
　　　质量反馈：010-62772015，zhiliang@tup.tsinghua.edu.cn
印 装 者：小森印刷（北京）有限公司
经　　销：全国新华书店
开　　本：285 mm×210 mm　　　　　　　　　印　　张：12
版　　次：2024 年 5 月第 1 版　　　　　　　印　　次：2024 年 5 月第 1 次印刷
定　　价：168.00 元（全6册）

产品编号：102244-01

《神奇小子进球秘籍》
有声伴读
扫码听音频

神奇小子的速度很快。他会抢断、侧步，也会接球。即便如此，神奇小子有时打橄榄球还是会紧张。猫头鹰教练选了神奇小子作为下一场比赛的射手，神奇小子又一次慌了起来。万一他没有射中怎么办？

神奇小子曾看过那些大人球员在公园踢球，也在电视上看过全黑队的比赛。神奇小子最喜欢的射手就是全黑队的丹·卡特。他的进球看起来轻而易举。

　　"你觉得我会成为一个好射手吗？"神奇小子问猫头鹰教练。

　　猫头鹰教练眨了眨大大的眼睛，说："你不尝试，永远也不知道你多厉害！"

神奇小子还有很多要学的。在家的后院里，神奇小子一直一遍遍反复练习踢球。
"我不想射丢任何一球！"他告诉父母。
他们笑着说："只要多练习，你一定会踢得很好的。"
可神奇小子还是没有把握。

比赛前一周，训练量加大了。球员们都想提高自己的技术。

卡卡不停地撞击铲球沙袋。科瑞一直在球锥之间练习侧步。库拉和奇亚一直在传球。

"漂亮的抢断！完美的侧步！飞快的传球！"猫头鹰教练夸赞道。

普克克和另外的前锋们在对阵争球。他们一边呐喊着结成攻防线，一边彼此用力地推搡。

猫头鹰教练看到大家动作标准，昂着头，背部伸直，他拍手夸奖道："太漂亮了！"

皮皮队员在练习出线球。科瑞是中卫，所以当赫伦接到球的时候，就立即传给了科瑞。

"太棒了，太棒了！"猫头鹰教练说道，"可是神奇小子在哪里呢？"

库拉指了指远远的门柱。

神奇小子挠了挠头。"我想要把球踢直，"他说，"但是我踢不直。我不知道我哪里做错了！"

"我们一起研究研究！"猫头鹰教练说。

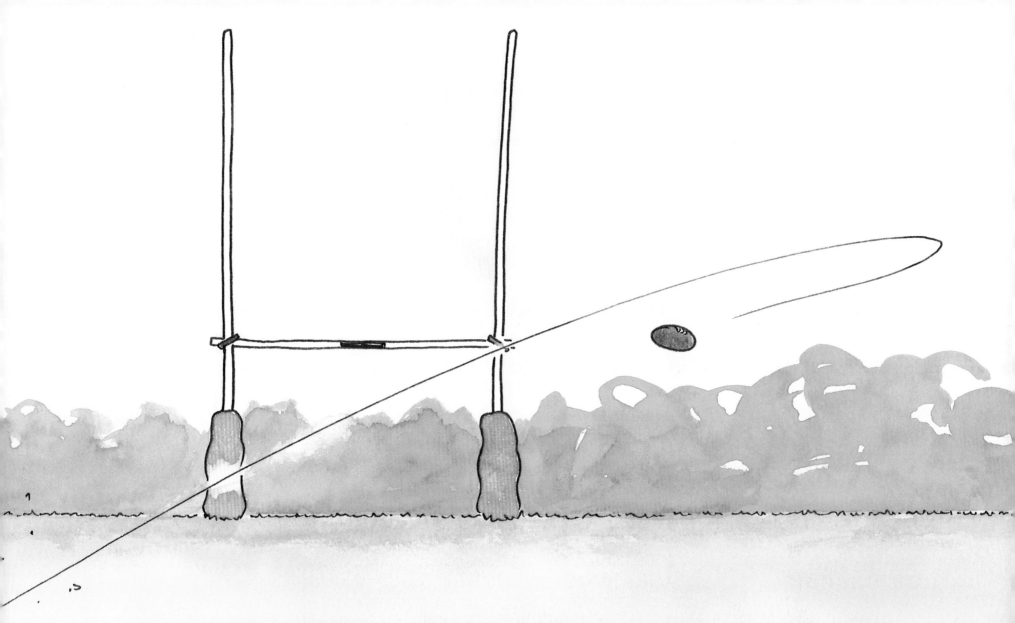

　　神奇小子把球放在踢球台上。他后退了几步，飞快地跑向球，使劲踢球。球从门柱外远远飞出。

　　"嗯。"猫头鹰教练说："还可以改进。"

神奇小子把球再次放在踢球台上。
"保持眼睛盯球。"猫头鹰教练说。
神奇小子把球瞄准球门。

"眼睛一直盯着球。"猫头鹰教练反复说着。神奇小子往后退了几步。

"眼睛一直盯着球。"神奇小子自言自语。

神奇小子向球冲去，用力一脚踢了出去。球从门柱之间飞进，又高，又快，又直。

"太牛啦！"猫头鹰教练夸奖道。

在比赛的前一天，猫头鹰教练把皮皮队队员们分成了两组。

"今天我们踢一场练习赛。"他宣布。

大家都竭尽所能，赫伦在出线球时高高跳起，普克克在对阵争球时凶猛冲撞，卡卡贴地飞铲。库拉跑速极快，科瑞也传球果断。

"很漂亮的技术。"猫头鹰教练说。

"现在，神奇小子会给我们展示一位优秀射手的本事！"

　　在众人面前练习射门！神奇小子觉得这是一个好主意。他把球放在了踢球座上。可是他往后退几步时，又抬头看了看，看到了自己的队友。神奇小子十分紧张。突然，他感觉肚子里有慌张的小蝴蝶在扑腾。

　　"上啊，"科瑞说，"踢球啊。"

　　神奇小子知道该干什么。可他就是没法移动他的腿。

　　神奇小子害怕了。

猫头鹰教练悄悄告诉神奇小子：
"你紧张的肚子疼了吧？"他说，"但那很正常。记住，眼睛一直盯着球。其他什么都不要想。"

神奇小子闭上眼睛三次，但每次睁开眼睛，他的眼睛总是从球上移开。

肚子里的小蝴蝶颤动得更强烈了。神奇小子只好问猫头鹰教练他能不能休息一会。这时，普克克说："让我来吧。我也会射门。"

普克克抓起球。他试图瞄准门柱，可是球偏了。

猫头鹰教练悄悄跟神奇小子说："我觉得普克克需要帮忙。"

于是，神奇小子把球摆直了。然后他告诉普克克："眼睛一直盯着球，跟着我后退。"

可是普克克没盯住球，还摔了个大屁墩。

神奇小子说："看我的吧！"

他冲向球，用力一脚。球从门柱之间飞进，又高，又快，又直。

大家鼓掌欢呼了起来。

"你的肚子不疼了吧！"猫头鹰教练说。

神奇小子笑了起来，回答道："好像是的！"

比赛日，皮皮队在球场上飞奔。他们传球果断，抢断凶猛，对阵争球冲撞时身体和球都压得很低，界外球时又高高跃起。可是对手也同样发挥出色。这是一场精彩绝伦的比赛，可是任何一方都很难完成达阵。

就在全场比赛马上就要结束的时候，在门柱前面，裁判吹响了哨子，然后高高地举起了手。"犯规，"他说，"你们的对手里有球员故意趴在球上。皮皮队，你们想怎么办？"

立刻，科瑞回答："我们要罚点球。"

大家都看向神奇小子。

神奇小子抱起了球。他看到了观众里的家人们，又紧张了起来，肚子里闹腾的小蝴蝶们又回来了。他深吸一口气，"你可以的！"他自言自语道。

神奇小子把球放在了踢球座上。"眼睛一直盯着球。"他说。

他把球瞄准门柱。他后退几步。他看不到皮皮队友、家人以及观众了。他听不到他们的口哨、欢呼和掌声。他的眼睛里只有球。

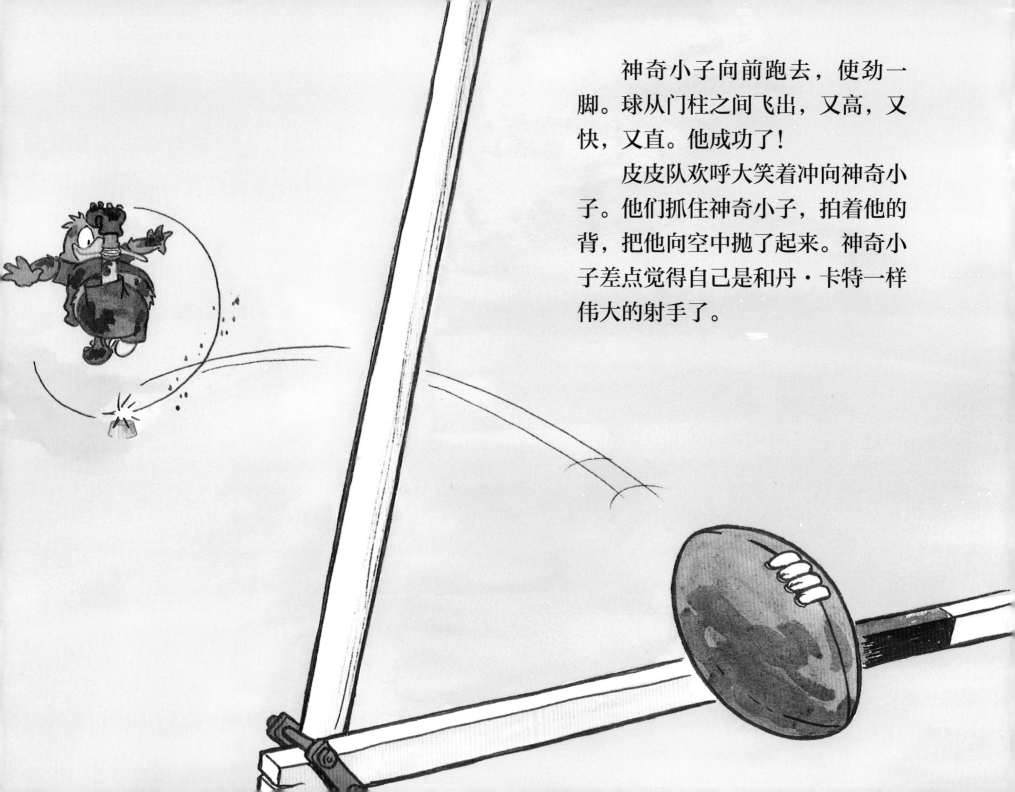

神奇小子向前跑去，使劲一脚。球从门柱之间飞出，又高，又快，又直。他成功了！

皮皮队欢呼大笑着冲向神奇小子。他们抓住神奇小子，拍着他的背，把他向空中抛了起来。神奇小子差点觉得自己是和丹·卡特一样伟大的射手了。

　　皮皮队和对手握过手后，猫头鹰教练把大家聚集到了一起。"这场胜利离不开我们了不起的团队拼搏，"他说，"可是，是我们的射手帮我们赢得了比赛。好样的，神奇小子！"

　　神奇小子笑了。他感觉肚子里的小蝴蝶们又颤动回来了，可是这次，它是一种温暖的感觉，在心底颤动飞舞着，让人全身都感觉舒服又美好。

当晚，洗过一个热水澡以后，神奇小子把他的"当日最佳球员"奖牌挂在了床头的墙上。这一天他参加的是一场神奇的比赛——一场他想铭记在心的比赛。

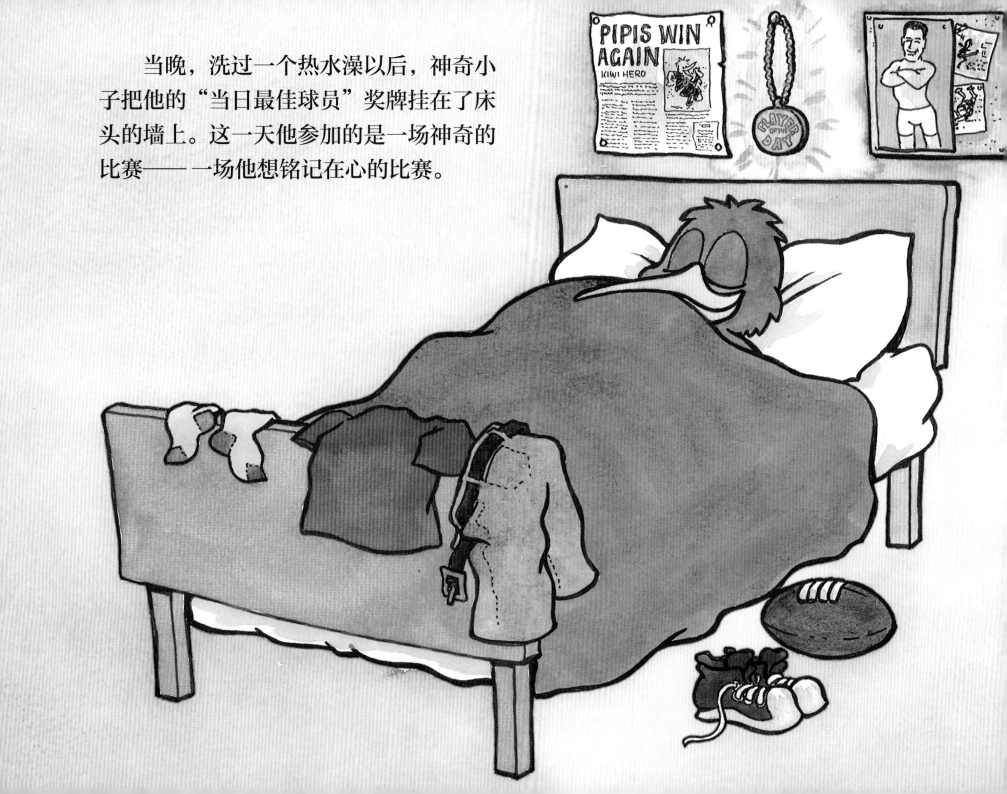

神奇小子

去训练营

[新西兰]约翰·洛克尔（John Lockyer）著　　鲍勃·达罗克（Bob Darroch）绘　　李若天（Joey Ruotian Li）译

清华大学出版社

北 京

图书在版编目（CIP）数据

神奇小子 /（新西兰）约翰·洛克尔（John Lockyer）著；（新西兰）鲍勃·达罗克（Bob Darroch）绘；
（新西兰）李若天（Joey Ruotian Li）译. —北京：清华大学出版社，2024.3

　　书名原文：Kiwi kicks for goal

　　ISBN 978-7-302-65690-6

Ⅰ.①神… Ⅱ.①约… ②鲍… ③李… Ⅲ.①儿童故事 – 图画故事 – 新西兰 – 现代 Ⅳ.①I612.85

中国国家版本馆CIP数据核字（2024）第042460号

责任编辑：宋丹青
装帧设计：寇英慧
责任校对：王凤芝
责任印制：杨　艳

出版发行：清华大学出版社
　　　　　网　　　址：https://www.tup.com.cn，https://www.wqxuetang.com
　　　　　地　　　址：北京清华大学学研大厦A座　　　　　邮　　　编：100084
　　　　　社 总 机：010-83470000　　　　　邮　　　购：010-62786544
　　　　　投稿与读者服务：010-62776969，c-service@tup.tsinghua.edu.cn
　　　　　质量反馈：010-62772015，zhiliang@tup.tsinghua.edu.cn
印 装 者：小森印刷（北京）有限公司
经　　销：全国新华书店
开　　本：285 mm×210 mm　　　　　印　　张：12
版　　次：2024 年 5 月第 1 版　　　　　印　　次：2024 年 5 月第 1 次印刷
定　　价：168.00 元（全6册）

产品编号：102244-01

《神奇小子去训练营》
有声伴读
扫码听音频

神奇小子跑得飞快。他会抢球，他也会侧步，会接球。神奇小子是一名非常出色的橄榄球运动员，可是他知道自己还可以进步。现在神奇小子很兴奋，他要第一次去橄榄球训练营了！

神奇小子起得比太阳还早。他穿上皮皮队队服，把牙套、水壶、鞋靴和新橄榄球一起放到了背包中。

然后，他叫醒了爸爸妈妈，跳了个小舞。

"一整天的橄榄球，橄榄球，橄榄球！"
神奇小子喊道："我等不及了！"

时间还很早，还有空吃一顿丰盛的早餐。
"在训练营里你需要很多能量！"爸爸说。
但是神奇小子不饿。他只吃了一根麦片棒。
"我的肚子已经满了。"他说，"肚子里感觉
全是飞来飞去的小蝴蝶。"

神奇小子的妈妈笑了："我兴奋时候的感觉也是这样。"

神奇小子又吃了一根麦片棒，然后喝了半杯牛奶。

每隔几分钟，神奇小子都会看看墙上的钟表。终于到了去橄榄球训练营的时间！

当神奇小子来到公园橄榄球场时，已经有几名皮皮队队员在热身了。

他们在球场上把球踢来踢去，然后追逐奔跑。大家边跑，边笑，一起摔倒在地上，直到有人把球抢走又一脚踢飞。

神奇小子兴高采烈地戴上牙套，穿上球靴，加入了小伙伴们。

当所有人到齐后，猫头鹰教练把大家集中到了一起。

猫头鹰教练给大家看了球锥和跨栏架，然后教大家怎么跑得快和躲避障碍物。他给大家做示范，如何撞击沙袋，怎样发力撞击。

他演示了出线球战术，以及怎样才能跳得高高的。他教大家在发球时怎么推得又低又直。

他演示了橄榄球触球战术，以及如何公平竞技。最终，猫头鹰教练喊了声："开始吧！"
皮皮队全体队员跑进场内。

神奇小子、库拉、图伊和科瑞撞击着铲球沙袋。过了一会，神奇小子提议："铲球太无聊了。我们去绕着球锥赛跑吧！"

他们跑得很快，科瑞遥遥领先，图伊紧随其后。突然，神奇小子摔了一跤。"停！"他大喊道，"再重来一遍。我被球锥绊倒了！"

科瑞看起来很不爽的样子，可是还是与大家一起回到了起点。

"这次，我们比赛跨栏。"神奇小子说。

他们又飞奔起来。

科瑞一马当先，库拉和图伊咬紧不放。

神奇小子落在最后。

就当他们跨过最后一个栏架的时候，神奇小子又喊道："跑最慢的获胜！"

"那不公平！"科瑞愤愤不平地说道。

"我觉得跑步好无聊啊。我们去比赛橄榄球触球吧。"神奇小子把科瑞的话当成了耳旁风。

科瑞摇了摇头。

"我不想和你比了。你总是会自己改规则。"

"我才不会改规则！"神奇小子说。

"你会！"

"不会！"

"我不想和你玩了，神奇小子！"科瑞喊道。

"我也不跟你玩了！"神奇小子喊了回去。

　　神奇小子抱起了自己的新橄榄球，怒气冲冲地走到了球门前。在离小伙伴最远的角落，他开始自己练习射门。

他练习了定位球。他又练习了下落球。他把球踢得远远的然后追着球跑。他又把球踢得高高的然后接住它。过了一会，他觉得自己一个人有点无聊了。

于是，神奇小子又回到了皮皮队队员那边。

大家都玩得兴高采烈，他们满场飞奔，接球、传球、互相抢断，在并列争球时冲撞，出线球战术时高高跳起。科瑞和伙伴们正在玩橄榄球触球赛。

"我能玩吗？"神奇小子问。

"当然啦。"他们回答。

"那就用我的新球来打比赛吧！"神奇小子说。

大家还没来得及说话，神奇小子就开始创造规则了。

"我们只允许五次触及，只能触及腿。不能用力打！每次被触及，我们就可以另外再往前走两步……"

"你又在改规则！"科瑞咆哮道："我不跟你玩了！"

大家也纷纷摇头。

"神奇小子，你太霸道了。"他们说。

神奇小子自己垂头丧气地回到球门柱边上。

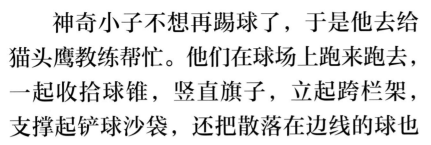

神奇小子不想再踢球了，于是他去给猫头鹰教练帮忙。他们在球场上跑来跑去，一起收拾球锥，竖直旗子，立起跨栏架，支撑起铲球沙袋，还把散落在边线的球也都收了起来。

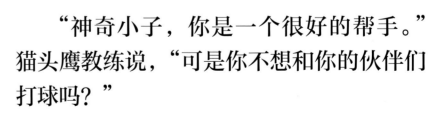

"神奇小子，你是一个很好的帮手。"猫头鹰教练说，"可是你不想和你的伙伴们打球吗？"

神奇小子叹了口气，摇了摇头说："不。现在不想。"

神奇小子帮猫头鹰教练准备午餐。他把面包和番茄酱放在桌上，然后他又把一大盘热气腾腾的香肠放在桌上。他看了看猫头鹰教练，深吸了一口气，说："你有好兄弟吗？"

　　猫头鹰教练点了点头。

　　神奇小子把橙子放在了桌子上："你和你的兄弟们会吵架吗？"

　　猫头鹰教练笑了笑，说："有时候也会。可是，每次我们都会和好。那确实很难。可是，这种努力一般都是值得的。"

神奇小子站在边线，看着皮皮队。他不想自己一个人被孤立。他想队友了。他已经想了很久了。他想去跟科瑞和好。

神奇小子在铲球沙袋前遇到了科瑞。

"我一直在找你。"神奇小子说。

"我也一直在找你。"科瑞说。

"对不起。"神奇小子轻轻地说："我不应该那么霸道。"

"我也不应该对你大喊大叫。"科瑞说。

就在这时，猫头鹰教练大喊一声："吃午餐啦！快来拿！"

皮皮队队员们都跑了过去，开始排队。

科瑞排在第一位，神奇小子紧跟在后面。

突然，科瑞停下了脚步，对神奇小子说："你先。"

神奇小子摇了摇头："不，你先！"

"你先！"科瑞说。

"不，你先！"神奇小子说。

猫头鹰教练用力吹响了哨子，把科瑞和神奇小子都吓了一跳。

"停！"他喊道，"你们要是决定不了谁先，我来决定！"

然后，他笑了笑，给每人一块香肠三明治，再涂了点番茄酱，然后轻轻地说："你们都可以先吃。"

神奇小子和科瑞咯咯地笑了起来。
"好兄弟？"神奇小子问。
"好兄弟！"科瑞说。

午饭后，队员们又训练了跑步、传球、抢断、射门、接球、冲撞和高跳。

在橄榄球训练营结束之前，猫头鹰教练把大家聚集起来，打了一场真的橄榄球比赛。

神奇小子又重新兴高采烈起来。他想当队长。他想赢得最佳球员。

神奇小子本来想告诉大家应该
怎么打。他好想指挥大家，赢得最
佳球员！可是，他又想了想，把嘴
边的话咽了回去。

不过，他还是抱起了自
己新的橄榄球，放在了踢球
座上……万一没人想要发
球呢！